KB248699

청산우체국 소인이 찍힌 편지

시작 시인선 0024
청산우체국 소인이 찍힌 편지

찍은날 ㅣ 2003년 1월 20일
펴낸날 ㅣ 2003년 1월 26일

지은이 ㅣ 정유화
펴낸이 ㅣ 김태석
펴낸곳 ㅣ 천년의시작
등록번호 ㅣ 제10-2385호
등록일자 ㅣ 2002년 5월 16일

주소 ㅣ 서울 종로구 도렴동 115번지 삼육빌딩 310호(우 110-051)
전화 ㅣ 02-723-8668
팩스 ㅣ 02-723-8630
홈페이지 ㅣ www.poempoem.com
전자우편 ㅣ webmaster@poempoem.com

ⓒ정유화, 2003. printed in Seoul, Korea
ISBN 89-90235-23-5

값 6,000원

• 이 시집은 문예진흥원 창작지원금을 받았습니다

• 잘못된 책은 바꾸어드립니다.
• 지은이와 협의에 의해 인지는 생략합니다.

시 인 선 0 0 2 4

청산우체국 소인이 찍힌 편지

정유화 시집

2003

自 序

　지금도 시가 무엇인지 잘 모른다.
다만, 시의 집을 지어놓고 나면,
누군가가 한 번쯤 살다 가야 의미가
있는 것이 아닐까 생각해 본다.

　그리고 시집 속으로 들어오는 사
람들이 누구인지 일일이 따져볼 필
요도 없을 것이다.

　내가 준비해야 할 것은, 그들이
살다 가는 동안에 호젓한 즐거움과
재미를 맛볼 수 있게 시의 내부를
단장하는 일일 뿐.

IV 은어의 산란

■해 설

I

황금빛 연못

번역의 즐거움

왕잠자리가 공터 울타리에 앉아

지구본만한 눈을 이리 저리 가볍게 돌리고 있다

　나는 그 눈의 의미를 번역하기 위해 손을 내밀지 못하
고

　잠자리 역시 나를 번역하기 위해 요리 조리 눈을 돌리
고 있는 것이다

　팽팽하게 당겨진 고무줄 같은 침묵

　가슴이 설레네

　처음 만난 그대를 여관으로 데리고 가기 위해

　그 마음을 번역하려고 애를 썼던 것처럼.

황금빛 연못 하나 마음에 짊어지고

길을 걷다가 문득 낯선 여자와 눈이 마주치고 말았어

학창시절 내 마음을 불러모아 풍선처럼 날려주던 학교 등교길의 가을 코스모스 같은 여자였어

그 짧은 순간, 내 마음에는 아담한 연못이 하나 생기고 말았어

문득 뒤돌아 보면 어느 새 내 눈길을 벗어나 버린 그 여자

작은 풀꽃들이 발꿈치를 들고 나란히 얼굴을 비춰보는 황금빛 연못을

눈 깜짝할 사이에 파 놓고 사라진 그 여자

그 여자의 생각 끝에도 그런 연못 하나 생겨났을까

이대 전철역에서 신촌역까지 걸어가는데 족히 십 년이 지난 것처럼 느껴졌어

잔잔한 연못 하나 마음에 짊어지고 걷는 것이 쉽지 않았기 때문이지

나의 걸음은 더뎠고 사람들은 바쁘다는 듯이 나의 어깨를 치고 지나갔어

어쩌다 출렁하고 일렁거리면 가던 길 멈춰 서서 연못을 내려놓고

상기된 눈으로 들여다보곤 했지

그녀의 연못가엔 복사꽃이 만발하고 있네 가까운 산은
바윗돌 하나 데리고 와 곁방살림을 차리기도 하네 연못
을 하늘마당처럼 거느리고 있는 별장의 이마에는 햇살
이 뛰어 놀고 있었네
　아, 정말 해가 져도 저물지 않는 황금빛 시간이 앉아 있
었지
　풋별이라도 뜬다면 자두 같은 아이도 만들고 싶었어

　문득 마주친 눈길처럼 내 시의 눈길도 그러했으면.

내가 꽃이라 부르면

들녘이든 공원이든 카페이든
어느 공간에 피어 있든지 간에
내가 꽃이라 부르면
그 꽃 속에서
아름다운 여자가 맨발로 걸어 나온다

꽃을 사귀기 위해 틈나는 대로
꽃나무에 바쳤던 무수한 시간들
먼 데서 온 손님처럼 그렇게 접대하며
예의를 갖췄던 그 시간들을 지나서

내가 꽃이라 부르면
그 꽃 속에서는
강변 모래밭을 반짝이게 하는 뻐꾸기 소리가 살아 나
오고
하늘이 품속에서 어린 낮별을 꺼내는 어진 손이 보이
고
오딧빛 숲 속에 신부의 꽃방을 꾸미는 저녁놀이 서성
거리기도 하는데

그렇게 자꾸 꽃을 불러보아도
꽃잎 속에는
내가 다 불러낼 수 없는 빛의 문장들로 낭자하다
금반지 구멍에서 나오는 강물의 문장이
눈을 뜨고 있어라.

천상의 연주
― 귀뚜라미

귀뚜라미 소리가 뜰 안의 저녁을 차지하기 시작하네

오래지 않아 뜰의 주인이 된 귀뚜라미

뜰을 무대로 삼아 저마다의 악기들로 연주하기 시작하
네

무대의 조명은 달빛이 맡고

서서 듣는 단풍나무와 앉아서 감상하는 풀잎들의 객석
이 너무 좋아서

나도 모르게

뜰의 문을 열었더니

갑자기 정전된 방안처럼

조명 속에서 연주하던 밝은 무대가 까마득히 사라져
버리네

생각지도 못한 절벽 앞에 선 듯하네

아, 침묵의 낭떠러지

그 낭떠러지 있어 소리가 아름답구나

나 사라지면 천상의 연주를 다시 시작할 그대여.

청산우체국 소인이 찍힌 봄편지

밤이 깊어도 살구나무는 몸을 뒤틀며 꽃잎을 흩날립니
다. 나도 그대와 함께 몸을 뒤틀며 노랗게 밤을 지새우고
싶습니다. 어디선가 눈뜨는 애벌레가 그립습니다. 아침
이면 자기 가슴을 스스로 문지르며 피는 개나리꽃의 아
린 가슴처럼 촉촉한 내 몸을 내가 문지르고 있습니다. 한
마리 꽃뱀이 그립습니다.

어, 석류가 익었네

석류네 집 창문이 열리자 알알이 영글은 석류알들의 눈빛이 한꺼번에 와르르 쏟아지는 것을 보았습니다. 얼마나 윤기가 반들반들하게 빛나던지 그 눈망울 보기 위해 나뭇가지로 오르던 나의 마음도 가다말고 미끄러지고 말았습니다. 석류네 집 창문에는 한 다발의 이야기가 동그랗게 매달려 있습니다. 석류네 집으로 이사를 한 번 가보고 싶습니다. 아무리 찾아보아도 재미나는 이야기가 없는 이 아파트 골목을 떠나 몸만 챙겨서 이사하고 싶었습니다. 발을 들여놓을 자리라도 없다면 문간방이라도 얻어 가을 한철을 월세로 살아보고 싶었습니다. 나는 석류알 가족 중에서 어느 한 놈이 철없이 집을 뛰쳐나가기를 손꼽아 기다리고 있습니다. 그것을 기다리는 것이 재미를 지어낼 줄 아는 호젓한 그리움의 시간입니다.

세숫대야 만한 웅덩이

저렇게 많은 것을 소유하고 있으면서
저렇게 몸이 가벼울 수 있다니
하늘, 구름, 나무, 돌, 건물, 사람, 자전거
육교를 들여놓고도 또 기웃거리는 얼굴을 하고 있다

지나가던 소나기가 파 놓고 간
공사장의 세숫대야 만한 웅덩이
얼마나 많은 살림들이 있나 싶어
얼굴을 살짝 들이밀면
양푼 만한 내 얼굴만 달랑 들여놓는 웅덩이.

봄쑥

봄쑥을 뜯어 왔다
부엌에서도 쑥떡쑥떡
마당가에서도 쑥떡쑥떡
감나무가 나와 함께 강변구경 가자고
쑥떡쑥덕
내 마음에 씨를 뿌린 그녀와 함께
쑥밭이 되도록 한 번 뒹굴어 봤으면 하는
나의 마음도 꿀떡꿀떡.

은행나무가 쓴 노란색의 자서전을
가을이 다 갈 때까지 읽어내지 못했다

나는 은행나무가 쓴 자서전의 108쪽을 읽던 중이었는데, 그 가운데 부분에 이르자 이런 구절이 있었다. "어린이나 어른이나 강아지나 버스나 할 것 없이 잠깐 잠깐씩 던져준 그대들의 눈길이 내 몸에 스며들었습니다. 그대들과 내 눈길 사이에 어떤 길이 나 있기에 나의 눈길도 그대들의 몸 속으로 스며듭니까." 또 몇 줄을 천천히 걸어가다 보니 "눈빛이 스미면 몸이 가벼워집니다. 나는 지금 너무 몸이 가벼워 콩새 한 마리 품을 수가 없습니다. 그 기억만을 품을 뿐입니다"라는 구절이 있었다. 그런데 나는 은행나무가 '품을 수 없다' 라고 하는 말에 걸려 책장을 넘기지 못하고 있다. 지금 나는 '품을 수 없다' 라는 은행나무의 말 내부로 들어가 그 말이 마련해준 노란 벤치에 앉아 며칠씩 굶어가며 그 의미를 캐고 있다.

파도소리가 귀에 익으면 절 한 채 짓는다

그러나 파도소리와 오래 살다보면 마음의 절 한 채가 지어집니다 농어가 부처가 되고 석화가 설법을 하는 그런 절이 지어집니다 나는 가오리의 말을 듣기도 하고 내 말을 연어가 듣기도 합니다 그러나 가끔 말다툼도 일어나지요 그래서 서로 등을 돌리기도 합니다 얼마 전에 말다툼하다 헤어진 철갑상어와 전어가 보고 싶네요 마음의 절 한 채도 그리움에 젖어 흔들릴 때가 종종 있답니다.

나를 기르는 파도소리

가을 바닷가에 갔더니 파도소리 울창하네
파도소리가 숲을 이루고 있었네
둥글고 깊은 그 숲 속을 해가 기울도록 걷다보니
까맣게 잊어버린 들길의 꽃들이 하나하나 떠오르고
그 꽃들의 이름이 싱싱하게 살아나고
어느 날 갑자기 남의 여자가 되어버린
추억 속의 허름한 애인의 이름이 생각나고
높고 쓸쓸했던 젊은날의 페이지를 넘길 때마다
쓰러지던 술병의 소리가 들리기도 하고
명절 하루 전날 가족들이 도란도란 송편 빚었던
소리도 들리기도 하는데

어느 사이에 붉은 노을은 나의 생각을
천천히 읽으며 가야할 길을 더듬거리고 있었네
모래밭에서 사라져 가고 있는 희미한 발자국들이
마지막 안간힘으로 아슴푸레하게 노을 속에 잠기네
그 발자국들을 남기고 간 이름 모를
얼굴들이 보고 싶어지는데
그들의 이야기도 듣고 싶어지는데
파도소리는 지나가는 가을의 꽁무니를 따라 하늘에 잠

긴다
　어두워 가는 이 숲 속에서 길을 잃어도 좋으리라
　아무 걱정 없이 파도소리에 내가 사라진다면
　가을 내내 파도소리가 나를 기를 것이다.
　정갈한 모래톱 속에서 기지개를 켜는 한 마리 작은 조
개처럼.

푸른 자전거를 타고

푸른 자전거를 타고
바다 위를 천천히 달려 보고 싶다
오래 달리다 지치면
갈매기 소리를 엔진으로 삼아
밍크고래들과
철갑상어들의
친절한 안내를 받으면서
바다의 깊숙한 골짜기인
저 북극해나 남극해로 가서
심심해 하는 흰곰들과 놀아보고 싶다
휴식의 정거장도 없는 세상의 문을 열고 나가
아무리 짓이겨 보아도 꺼지지 않는
욕정의 문을 열고 나가
물개들과 숨바꼭질하다 눈구덩이에서 쉬고 싶어라
아, 푸른 자전거를 타고
바다의 가족들이 사는 마을을 지나칠 때마다
순정의 물고기 아가씨들이 그리운 듯이 손을 흔드는
데.

봄바람을 모종하다

봄바람은 발정 난 똥개의 배고픈 눈빛
살구나무 가지 속으로 숨어들자
살구나무 얼굴은 한꺼번에 연분홍빛 숨결을 토해내고
만다
덩그런 바윗돌도 어쩔 수 없이 이마가 빛나기 시작한
다
나는 그런 봄바람이 좋아서
어쩌다가 오래 버려 두었던 화단을 다시 꺼내 손질하
며
지나가는 봄바람 서너 줄기를 모종하기로 한다
어떻게 해서 매번 봄바람을 놓치고 말았단 말인가
봄바람을 화단에 모종하자
바람난 꽃나무들 옷 갈아입는 소리가 낭자합니다
잊혀진 애인의 이름이 꽃나무에서 웃고 있습니다
사촌 누이의 젖가슴을 좋아했던 기억이 꽃나무에서 피
어납니다
찔레꽃 노래를 부르던 젊으실 적 어머니의 얼굴이 꽃
나무에서 노래를 하고 있습니다
보리밭에 누워 있으면 하늘처럼 푸르러지던 몸이 생각
납니다

화단 밖에서도 여러 얼굴이 고개를 내밀고 있습니다
나는 그런 봄바람이 좋아서
저녁을 먹지 않고 화단에 물을 주고 있다
잔뜩 이야기를 밴 화단
집 바깥을 함부로 나온 어린 별들에게도
물을 주고 있다
봄, 화단, 봄바람처럼 잠을 이루지 못할 것이다.
어린 별들 졸린 듯이 눈 깜박여도.

종소리는 인간의 세계를 초월한다

종소리가 멎고 있네
멎어 가는 그 종소리에 나 감전되네

심혼 속에
보리밭을 일구어 놓고 사라지는 종소리
파란 호수 하나를 파놓고 사라지는 종소리
오솔길 하나 내놓고 떠나는 종소리
가다가 빈 절간 하나 지어놓고 떠나는 종소리

나, 사라지는 종소리 끝자락에 집을 짓고 사네
그대를 위해 나 또한 종소리가 되어 떠나고 싶네

나를 지울 때 그대 마음에 집을 짓는 나.

찔레꽃이 나를 그쪽으로 기울게 한다

강변 모래알들이 합창을 하는지
시냇가 물고기들이 숨바꼭질을 하는지
찔레꽃이 핀다
찔레꽃의 젊은 눈매가 하얗게 젖은 빛깔이다

그 빛깔이 나비처럼 나에게 오는지
둥글게 오는지 뾰족하게 오는지 섹시하게 오는지 구름
처럼 오는지 몰라도

나의 몸은 부풀어오른다
물 위에 떠서 흐르는 꽃잎처럼
조약돌도 공중으로 떠서 흐른다

지금은 찔레꽃이 피는 시간
그 빛깔에도 말이 있다면
그 빛깔에도 감정이 있다면

한 여자 미루나무숲으로 꽃뱀처럼 미끄러져 들어가고
있다
나도 따라 들어간다

숲의 문을 걸어 잠그면 나, 빠져 나오지 못하리라
아무도 모를 거야
사촌 누이의 윤기 나는 머릿결

찔레꽃 피면 한동안 숨이 멎으리라.

이슬

영명한 몸으로 빛난다
풀잎에 닿으면 풀잎의 눈
풀잎이 영명하게 빛난다
이슬의 문을 열고 들어가
눈 한 번 깜박여 보고 싶어라.

Ⅱ

문장을 찾아서

지난해 모아두었던 봄바람

지난 해에 모아 두었던 봄바람을
방사해 주었더니
닫힌 구멍을 열고 다니네
개나리 아랫도리에도 온통 구멍이 열리네
벚꽃나무 어깨에도 구멍이 열리는지
낭자한 빛이 쏟아지네
나는 그 빛을 비단 보자기로 받았다가
한 움큼은 이때껏 소식 한 번 전하지 못한 친구에게 소
포로 싸서 보내고
한 움큼은 예전에 스쳐지나가다 마주쳤던 처녀에게도
편지 봉투에 넣어 보내고
또 한 움큼은 강변 모래밭에 뿌리기도 하다가
그 빛 다 보내고 나면 구멍들이 서러워 할까봐
다음 봄에 쓸 요량으로 보자기를 곱게 묶어 놓았네
몸의 내부를 환하게 만드는 구멍들이여.

숲 속에서 짓는 노래

더 늦기 전에 서둘러 저 숲 속으로 가야겠다
어두우면서도 밝은 향기로우면서도 촉촉한 숲 속
아득히 깊을수록 좋을 것이다
거대한 환풍기가 지하철에 떠도는 바람의 시체를 뽑아
올리느라 거친 숨을 몰아쉬고 있는 이 거리를 지나 유니
폼 차림의 한결같은 표정을 짓고 있는 백화점과 강남호
텔을 지나 일그러진 양푼처럼 기억도 남루한 이 눅눅한
빌딩과 간판 밑을 지나
봄바람이 햇살을 퍼붓는 그 숲으로 가서
햇살에 목욕재계하면
바위들이 반들반들 공중으로 부드럽게 떠오르고
오래도록 침묵하고 있던 꽃나무들이 발정 나서
요염한 몸을 비틀며 빨간 말 노란 말 흰 말 분홍 말을
마구 터뜨리는데
한동안 나는 그 요염한 말에 취해 선잠 들기도 하다가
저마다 다른 색깔의 말을 주워 모아 노래로 만들어
마을로 도시로 흘러보내기로 했지 그러면
사람들, 잠시 기억을 더듬는 듯 숲을 쳐다보다가 식당
으로 사라져가겠지.

저녁놀의 정거장

날마다 정처없이 지던 해도
가끔 산마루에 서성거릴 때가 있네
산마루는 저녁놀의 정거장
고단하게 일을 하던 시간도 잠시 일손을 놓고
간이의자에 걸터앉아 정거장을 바라다보고 있네

지던 해는 할 이야기가 많다는 얼굴로
그 붉은 생각을 구름에게도 퍼주고
날아가는 산새의 깃털에도 던져주고
그 많은 식솔을 데리고 저희 집으로 가는
숲속의 발길에도 깔아주고
그래도 다 하지 못한 생각이 남았는지
지금, 그 생각이 나에게로 오고 있는데

나는 그 빛을 받아다가
광화문에 서 있는 이순신 장군의 굳은 얼굴에도 선물
하고
서울역 지하도에 뒹구는 술병에도 한 바가지 따라주고
전철 안에 붐비는 구둣발에도 깔아주고
놀이터를 무덤으로 삼고 있는 고추잠자리의 연약한 날

개에도 뿌려주고 있지만.

길을 몸 속에 지니고 다니는 나비

나비의 몸에서 길이 태어나는 것을 보았다
길을 몸 속에 지니고 다니는 나비
나비는 길을 잃어 본 적이 없다
나비의 길은 몸과 함께 움직인다

나비가 지나간 길을 문장으로 번역하며 따라가 보았다
한없이 느린 듯하지만 빠른 보폭으로도 따라잡을 수
없었다.
이러한 길을 언제 걸어본 적이 있는가
깊고도 오묘하지만 한없이 단순하고 가벼운 길
이라고 나의 문장은 쓰고 있다
그 길에서 내리지 않고 마냥 그의 길을 따라가고 싶지
만

내가 마냥 따라나서면
그 길도 언젠가는 금방 무너질지도 몰라.

내 문장이 가꾸는 마당

내가 가꾸는 문장에는
차진 황토흙으로 된 마당이 살고 있다
오래 전에 시멘트 반죽으로 된 마당을 걷어내다가
시멘트 조각에 찔렸던 상처가 가끔씩 고개를 내밀기도
하지만
내 문장이 가을 타작을 끝내고 나면
금방 세수한 듯이 얼굴이 해맑아지는 마당
감나무 잎사귀도
기와지붕도 물끄러미 내려다보고
까치도 쪼그리고 앉아 내려다보는 마당

방안처럼 쓸고 닦고 옷처럼 빨고 깁고
논밭을 가꾸듯이 포옹하고 속삭이다 보면 어느 새
마당은 그의 품속에서 깊은 우물을 꺼내 보여주기도
하고
하늘을 불러다가 들여앉히기도 하지

내 문장이 가꾸는 마당은
마당과 함께 살다간 어버이들의 그리운 얼굴들을 비춰
주기도 하고

  예전에 떠나가 버린 일가친척 오누이들의 장다리꽃 같
은 잔웃음을 풀어놓다가
  난만한 살구꽃이 봄바람에 몸풀기 시작하면
  마당의 살결이 얼마나 부드럽고 투명해지는지
  숨소리도 내지 않고 스며드는 꽃잎들
  마당의 이마 눈부셔 마당이 보이질 않고.

봄바람의 엔진을 타고

오늘은 몸 속에 장착된 오토바이와 트럭의 엔진을 끄고

봄비가 씻고 간 문장들을 찬찬히 읽어보고 있는데

진달래가 쓴 문장에는 파란풀 떠서 흐르듯이 강변 모래밭으로 가는 청춘남녀들이 있고

개나리가 쓴 문장에는 주름치마를 곱게 차려 입은 어떤 아가씨가 색바랜 편지를 십 년 넘게 읽고 있었고

어깨동무하며 양지바른 땅을 차지한 쑥들의 문장에는

초파일을 맞아 대둔사 숲으로 구경가는 할매들, 아지매들, 그리고 할매의 손자들을 길게 휘어진 시냇가가 앞장서 길을 안내하는 풍경이

나비가 흔들리며 쓰는 문장에는 실타래 같은 긴 문장이 마을을 지나 언덕을 넘고 손닿을 수 없는 저 무한의 공간으로 남실남실 가는지라 읽어 볼 수가 없네 마음만 따라가서 가 닿을 수 있는 문장일까

한 마리의 새가 날아가며 쓰는 문장은 아름다운 빛깔의 문장일까 추락하는 연민의 문장일까 하고 생각하는 순간, 나뭇가지들이 그 문장을 재빠르게 걷어가는데

바람이 분다 봄바람의 엔진을 타고 지나간 봄비를 따라가 보고 싶다.

보리밭 같은 문장들을 만날 수 있을 것 같아.

청산우체국 소인이 찍힌 여름 편지

여름 숲 속은 온통 초록그늘입니다. 피곤한 생각이 그
그늘에 누워 단잠을 청하려고 합니다. 그런데 그 그늘을
뚫고 들어오는 햇살 한 줄기가 있지 뭐예요. 큰 나무에
가린 작은 나무들이 손뼉을 치는지 햇살도 놀라 흔들리
고요. 어찌해야할 줄 모르겠습니다. 그 햇살 사라지면 나
는 즐거워할 테지만 키 작은 나무들은 울고불고할 게 분
명하지요. 울어본 기억이 거의 없는 당신, 그래도 나는
당신과 함께 이 작은 숲 속에 한 번 누워 보고 싶어요. 초
록그늘에 감기고 싶어요.

시퍼렇게 멍든 육체의 문장

섹시한 여자들을 보면
풍매화처럼 꽃씨를 뿌리고 싶어
라고 생각하는 육체의 문장에다
도리깨로 몇 번인가를 후려쳤더니
시퍼렇게 멍든 육체의 문장이
서럽게 저희 집으로 가고 있길래
그 모습이 너무나 안쓰러워
휴대폰으로 위로의 문자 메시지를 보냈더니
시퍼렇게 멍든 얼굴 부끄럽게 가리며
그래도 향수 냄새 풍기는 여자의 속살을
기웃거리고 있네
로스구이처럼 부드럽게 구워먹고
싶은 질긴 욕망.

노트에 메모한 그녀의 몸

그녀의 몸에는 시냇물이 흐르고
홍방울새 지저귀는 소리도 들린다
햇살을 골고루 뿌리고 있는
초록나무들도 보인다

한때 그녀의 몸을 노래했던
나의 노트는 어디로 갔을까
그녀 떠난 이후 펴보지 않았던 몸의 노트.

숲 속에서 자라는 문장 1

지는 꽃잎과 오래도록 눈 맞추고 있노라면
지는 꽃잎 속에 가려진 꽃의 문장이 보인다
나는 그 문장 속으로 들어가
문장님이 강의하는 문장작법을 듣고 있다

또 피는 꽃잎과 눈 맞추고 있노라면
피는 꽃잎이 던지는 눈짓 속에는
문장을 허물어버리라는 소리가 담겨져 있다
나는 그 눈짓 속으로 들어가
문장을 버리고 육신으로 살 수 있는
눈짓님의 강의를 듣고 있다

피는 꽃잎이 던지는 눈짓 속에 지는 꽃잎의 눈짓도
보이고 그 문장도 보이지만.

숲 속에서 자라는 문장 2

시내 거리를 걷다 보면 솎아낼 것이 너무 많지
간판을 좀 솎아낼까
순대 속처럼 꽉 찬 도로 위의 차량들도 좀 솎아내야지
맞아 신호등과 육교도 솎아내고
지칠 대로 지쳐 단내를 내뱉고 있는 환풍기의 엄청난
큰 혀도 솎아내야지
가끔 여자들도 솎아내고 싶을 때가 있지
그러나 이 숲에서는 솎아낼 것이 없어서 고민
키 큰 나무를 솎아내면 산새가 외롭고
산새를 솎아내면 작은 나무의 귀가 서러워
작은 나무를 솎아내면 벌레들이 불쌍하고
벌레들을 솎아내면 꽃잎과 열매들이 서러워
바위를 솎아내면 계곡물이 투정을 하고 투정을 해서
죄 없는 산의 가슴만 텅텅 울리고 말겠지
어쩌지 솎아낼 것이 마뜩찮으면 나를 솎아낼 수밖에.

숲 속에서 자라는 문장 3

매미소리가 대형공장을 차리자
그 공장 위에 더 작은 공장을 짓는
쓰르라미소리
그 소리 위에 또 공장을 짓는
멧새 한 마리의 소리
그 소리에 까치소리가 공장을 짓자 무너질 듯 말 듯
그러나 그 꼭대기 위에 또 공장을
세우는 물방울소리
그 물방울 공장 내부로 내가 들어가면
매미 소리의 공장도 무너지겠지
소리로 한 살림하는 공장
서러워하겠지
소리다운 소리도 짓지 못한 내 마음의 공장도
안타까워하겠지

나무들의 공장을 만나면
그 하나 하나의 가슴에
이름을 붙여줘야지
바위의 이마에도 붙여주고
자리를 바꾸어 달라고 졸라대는

바위 틈 속의 어린 단풍나무에도
붙여주고 자기의 가슴만 치고 사는
풀잎의 손에도 꼭 쥐어줘야지
어머니라는, 선이라는, 남이라는 이름을
사촌이라는, 기타라는, 교실이라는 이름을
너무 다 붙이면 서러울 것이니
내일 낮이 남음이니
가끔씩 그 이름을 다시 거둬주기도 해야지.

숲 속에서 자라는 문장 4

세상 밖의 긴 끈을 들고
길이 숲 속으로 걸어오고 있다
길, 지워버리면 그리울 것 같고
품속에 거두어 넣자니 성가실 것 같아
나는 모르는 채 지난해에 모아둔
가을비를 불러서 싸리나무, 갈참나무
다람쥐 귀에도 뿌리다가
계곡의 허락을 받고 세상 밖으로
나가는 물의 노래, 물 위에 떠 있는
단풍잎의 붉은 노래를 듣고 있다.

호박씨를 심으며

아파트 일층 베란다 앞에 딱지만한 빈 터가 있다
봄 햇살만 지들끼리 싸우고 있는 그 빈 터가 너무 외로
워 보여
호박 몇 포기를 선물하기로 했다

바짝 마른 겉흙을 걷어내고
부삽으로 땅을 팠더니 흙은
이내 즐거운 비명을 지르며 부삽과 손에 달라붙었다
흙도 사람이 그리울 때가 있구나

나는 한 아이와 함께 호박씨를 심으며
호박씨를 까먹던 고소한 맛을 심으며
흙이 얼마나 즐거워 할 것인가를 생각해 보고

가슴이 들뜬 흙의 난만한 숨결을 다시 불러모아
손으로 톡,톡,톡 부드럽게 다져 넣으며
빈 터로 남아 있을 한 여자의 가슴이 얼마나
외로울까 생각해 본다
물조리로 물을 뿌려주면서.

소리를 방목하고 싶다

네가 방목하는 소리 속으로 들어가 보면
너의 성깔이 보이고
풀잎이 흔드는 소리 속으로 들어가 보면
풀잎의 걸음걸이가 보이고
죽은 나뭇가지가 흔드는 소리 속으로
들어가 보면 제발 자리 한 번 바꿔 앉아 보자는 하소연
이 들리고
육교가 내지르는 소리 속으로 들어가 보면
이제는 사지가 떨려, 늙었는가 봬, 라고 하는 소리도 들
리는데
나는 어떤 소리를 방목해야 하나
가을운동회 청백군의 기마싸움을 방목할까
보리밭도 오줌쌀 듯한 휘파람 소리를 방목할까
고드름과 한 살림하는 추녀 끝의 낙숫물 소리를
들여놓을거나.

나를 좀 꺼내 줘

인간이 우연히 만든 컴퓨터

인간의 목소리를 추방한 마왕의 제국

제발 나를 좀 꺼내 줘

가족들과 배나무동산으로

봄소풍 가고 싶어.

Ⅲ

미인을 찾아서

詩와의 섹스

한 여자를 만날 때마다
꼭 하룻밤만 자고 싶고

그 황홀한 긴 밤처럼

시를 쓸 때마다

한 여자와 함께 까무러쳐졌던 그 밤처럼
시와 섹스할 수 있다면.

하늘곳간

우리 집 가을곳간도
하늘곳간을 가득 채운
별들처럼
윤기가 쪼르르
흐르는
알곡으로 가득 찼으면
하고 일기장에 써 보았던
추억의 하늘곳간
우리 집 가을곳간 이제 가득해도
그립기만 하고.

청산우체국 소인이 찍힌 가을 편지

황금새 소리가 먼지떨이와 빗자루로 머릿속을 청소하
는지
산길을 걷는 저의 귀는 어떤 소리도 들을 수 없습니다
황금새 소리가 매캐한 생각을 쓸어내자
이번에는 아랫동네로 사뿐사뿐 내려가던 단풍의 눈길
이
뭔가 놓친 게 있다는 듯이 상수리나무 가지로 오더니
연인처럼 손을 내밀었습니다 저는 그 손을 잡고
아름다운 절벽을 오르고 또 오르다가
그만, 길을 잃고 말았습니다
한 번도 길을 잃어버린 적이 없는 당신
꼭 한 번만 당신과 함께 길을 잃어버리고 싶습니다
그때는 당신이 저에게 손을 내밀겠지요.

빨랫줄

비 그친 후
마당이 젖은 얼굴로 일어나 어깨를 툭툭 털더니
온몸을 공중에 내맡긴 채
묵상에 잠긴 빨랫줄을 바라다본다
고추잠자리들 어디로 피난 갔을까 하고
일찌감치 피난 갔던 내 마음도
빨랫줄을 함께 바라다본다
오, 초롱초롱 눈뜨는 묵상이여
빨랫줄은 무수한 물방울을 느낌표처럼 달고
시경의 문장을 외고 있었다
저기 저 물방울의 문장까지 가려면
그 문장 속으로 들어가서 경을 들으려면
먼저 세상의 비애에 흠뻑 젖어야 하는가 보다
피난 가서 젖지 못했던 나의 문장이여.

감홍시의 비밀

마을의 지붕과 대문과
얼룩소와 솥단지와 부엌이 쳐다보고
큰할매와 삼촌과 조카가
변소갔다 한 번 바라다보고
옥이와 연이의 아름다운 내숭과
인수네 엄마 승화네 아버지의 구수한 말이
씨알을 쏘아대는 장닭과 병아리들의
소리가 오랫동안 길러서 발갛게 익는 홍시.

마당에 돋는 별

우리가 한 번 별을 헤어보기 시작한다면
내일도 쉽게 별을 헬 수 있을 것이다

마당에 조약돌처럼 돋는 별
모깃불 연기에 익어서 향기로운 별

하나하나 줍다보면 지독한
열을 먹고 사는 도시의 입술들이
썰물처럼 쓸려나가고

어느 새 풀이 파랗게 돋고 봄바람이 강을
건너는 추억의 감옥으로 갈 수 있을 것이다

마음을 닦아주던 선이의 별도 있을 것이다.

초록에도 오래 머물면

숲 속의 여름나무들은 진초록이 무겁다고
구름에게도 던져버리고
바람에게도 밀쳐주고
시냇가에도 쏟아 놓기도
어떤 나무는 지나가는 사람의 배낭에
손을 길게 뻗어 진초록을 쑤셔놓고선 손바닥을 털며
가볍게 일어서기도 하지만
진초록은 나무들의 어깨와 이마를 떠나지 않는다
진초록은 나무들의 살아 있는 무덤
초록으로 비틀거리며 주저앉을 듯하다
초록에도 너무 오래 머물면 생의 감옥
이제 나무들은 감옥을 벗어나기 위해 흔들거린다
골목까지 밀려와서 질퍽질퍽 하는 진초록
지붕이 무너질 듯이 쌓이는 진초록
이 권태.

애인이 되면 가난해져야 한다

그대와 내가 애인이 되는 순간부터
가난과 한 살림해야 할 것이다
가난은 푸른 자전거,
그대는 그 자전거를 타고
나도 미처 밟아 보지 못한 나의 육체와 마음 속으로 여
행을 떠나야 한다
나 역시 미지의 땅인 그대 속으로 여행을 할 것이다
가난하지 않으면 페달을 밟을 수가 없다
우리가 육체의 집을 떠나 페달을 밟고
마음의 집으로 갈 때 부자가 될 수 있으리라
그러나 거기서 다시 페달을 밟지 않으면
우리가 사는 육체의 집은 얼마나 가난하고 외로울 것
인가.

동산에서 발돋움하며 뜨는
보름달이 늦가을 어둠을 처마 밑으로도
몰아넣고 마구간 속으로도 밀어 넣고
감나무 잎새로 쑤셔 넣을 때

안방에서 어매와 함께 달빛이 갓 묻은 굵은 먹감을 깎기 시작한다 따스한 아랫목, 어매가 지피는 옛이야기를 듣다보면 어느 새 어매와 나는 함박눈이 내리는 깊은 숲 속의 오두막에 사는 듯하다 근심 걱정이 들어설 수 없는 오붓한 시간 서릿발을 걷어내며 날고 있을 기러기 떼의 눈을 떠올리고 족제비눈으로 둔갑한 무서운 뒤안을 떠올리며, 어서 강물이 얼어붙어 나를 불러 들였으면 얼마나 좋을까 하고 따스한 온돌방이 생각한다 들국 같은 어매는 어느덧 자부름을 자꾸 던지고.

아름다운 싸움의 풍경

스스로를 다그쳐 지나가는 서릿바람을 불러모으는 숲
속을 보았습니다 이제 지나온 생에 대해서 한 번 생각해
보자는 뜻이겠지요 나무들은 즐거운 듯이 앞 다투어 자
기 생각을 조금이라도 먼저 드러내려고 얼굴을 붉히며
싸우고 있었습니다 형형색색의 성깔들입니다 우리도 저
렇게 온몸을 바쳐 싸워 본적이 있나요 숲이 허락한다면
나도 살그머니 그 속에 끼어들어 성깔 한 번 내보고 싶습
니다 어떤 색깔의 생각이 될지 모르겠지만 싸움 뒤에 남
는 어떠한 상처라도 아름답게 껴안는 숲처럼 나의 상처
껴안을 수 있을지 모르겠지만.

미인

내가 꾸미는 문장의 내부에는
미인이 거처할 실내공간만 있다
미인이 원하는 대로
문장을 허물고 다시 짓기도 한다
미인은 봄을 지어내는 마약과 같이
하루를 영원처럼 나를 잠재웠다가
다시 깨어나게 하기 때문이다
가끔 나의 문장을 열어보면
미인이 없음을 서러워하고 있다.

바다는 생의 공장

바다가 지어서 보내는 바람 속에는
반짝이는 비늘이 묻어 있었고
무수한 알들이 눈뜨고 있었다
바닷가에서의 하룻밤
그대와 나의 열정적인 그 거친 숨소리도
바람이 그렇게 만든 소리였던 것이다
그리운 바다끼리 만나
교접하던 숨소리였던 것이다
바다에서 태어나는 우리.

부엌에는 고구마가 익고

부엌 아궁이에서 고구마가 익어가고 있다
내 생각은 정든 부엌을 떠나지 못하지
고구마가 익는 동안
칼바람도 머무를 수 없는 처마 끝에서
아치러운 별이 돋는다
별이 반짝일 때마다
봄날 강물에서 머리를 감고 나오는
눈이 맑은 여자를 생각해 본다
구미공단에 다니는 숙이 누나가
미혼모가 되었다는 이야기도 저절로 떠오른다
젊은 나이에 사고로 이미 고인이 된
조용환 선생님의 목소리가 들리기도 한다.
내 생각에서 파낼 수 없는 보석과 같은 것들
지금 고구마가 익고 있다
고구마 줄기처럼 뻗어가는 내 생각에
사다리를 놓으면 어린 별들이 사는 부엌의 부뚜막까지
갈 듯하다.

명절날 차례상에 오른 쌀밥이여

명절날 차례상에 오른 쌀밥이여
쌀밥에서 모락모락 피어나는 숨결 같은 김이여
그 김에 어리는 새끼줄 같은 아버지의 얼굴들이여
그 숨결에 비치는 자줏빛 옷고름 같은 어머니의 얼굴
들이여
술 한 잔 따라 올리며 기나 긴 이야기를 나누고 싶어라
아랫목을 중심으로 차례음식을 놓고 도란도란 둘러앉
아
전설 같은 얘기를 듣고 전설 같은 얘기를 하고 싶어라
당신들이 그 옛날 얘기를 할 때 우리는 자주 고개를 끄
덕이고
우리가 인터넷 세계와 인간복제 시대를 얘기할 때 당
신들은 놀랍고 신기한 듯이
그러냐고 그렇게 됐냐고 하면서 우리에게 술을 권하고
그러다가 칡뿌리 같은 촌수를 다문다문 따져가며 깊고
도 빛나는 세월을 캐기도 하는데
쌀밥에 살아 움직이는 얼굴들의 숨결이여
강물처럼 반짝이며 구비 돌아 흐르는 그 아득한 시간
에 젖고 싶어라.

어서 빨리

어서 빨리 추워졌으면 좋겠다
난만한 들국화들이 도란도란 앉아서 이야기하며 놀던
그 흔적을 채 거두어 가기 전에
갑자기 시냇가의 물고기들이 버드나무 아래에 일렁이
는 여름을 그리워하기 전에
담벼락이 오들오들 떨고 길거리가 미끄러워진다면

뜨듯한 아랫목을 지닌 집으로 가서
아랫목을 닮은 여자와 함께
군고구마를 까먹으며
미루나무 꼭대기에 섬처럼 흔들리는 까치집을
살얼음을 뿌리는 하늘 밑을
구멍낸 좁은 창문으로
오래오래 내다보고 싶어라

눈이 와도 내어다보고 싶어라
어서 빨리 추워졌으면 좋겠다
아늑한 구멍 속으로 돌아와 이렇게 불 밝히고
녹슨 대문 흔들고 가는 바람소리 듣고 싶어라.

그대에게서 불어오는 바람

이웃 마을 라일락꽃잎 속에 살다가 온 바람
그 바람을 우연히 만났는데
미처 생각도 하기 전에
몸에서 윤기나는 털이 수슬수슬 돋아났지

그대가 가꾸는 정원에도
여러 빛깔의 바람이 살고 있어서
그 중에서 어느 바람이라도
나에게 불어 보낸다면
푸른 강물에서 금방 나온 것처럼
물기 젖어 반짝이는 몸이 되겠지.

지독한 나무

떨어지는 꽃잎은 바람결에 서성거리고 있다
멋모르고 내려오던 별빛도 서성거리고 있다
발 디딜 공간이 마땅하지 않기 때문이다
정강이가 까질 듯한
도시의 아스팔트와 대리석 광장
눈을 못 뜨게 하는 눈 뜨는 매연
가을이 와도 플라타너스는
그것을 아는지 부모처럼
무작정 여행 떠나고 싶어하는
철없는 단풍잎들의 손목을 꼭 잡고 있다
고사하는 단풍잎 얼굴들.

IV

은어의 산란

뱅어포의 눈이 되고 싶고

꽃핀 나뭇가지의 즐거움은 나의 괴로움
괴로움 때문에 꽃핀 나뭇가지가 되고 싶지만
나뭇가지가 괴로워 할까봐
꽃피지 못하고

이사할 때마다 꽃피는 나의 괴로움
마음의 정원에 꽃모종을 하는 어린 아들
빈병을 뒤집어 꽂아 가지런한 치아처럼 꾸민 아내의
화단둘레
나의 괴로움은 빈병이 되지 못하고
꽃모종이 되지 못하고

나비가 나풀거리며 더듬는 공중의 길처럼
괴로움 더듬거리고
괴로움의 집에서 괴로움의 빈집으로 이사가고 싶고
뱅어포의 눈이 되고 싶고.

경포대 연가

마음의 짐을 부리자 육신이 외로워하고
육신의 짐을 부리자 마음이 외로워 하길래
마음의 짐은 외로움을 지어내는 바다에 던져주고
육신의 짐은 외로움을 베고 사는
조개껍질에게 시주하자
가을 해변가의 코스모스도 나를 따라하는지
바닷가로 기운 비치호텔도 나를 따라하는지
경포대 횟집 안에 있는 술잔도 나를 따라하는지
연인들이 지나가며 남기는 발자국도
나를 따라하는지
경포대 바닷가에는 외로운 생각이
들어설 틈이 없다
바다의 식솔이 된 푸르고 환한 몸들.

빛나는 개구멍

얼마나 많은 사람들이 허리 숙이고 지나갔을까
동그랗게 뚫어진 나뭇가지 사이사이에
사람들의 생각이 묻고 묻어서
반질반질 빛나네

　　　바람도
　　눈이 부신지 동그랗게
　미끄러지네 내 마음이 슽하게
오갔던 그대 앙가슴에도 입술 꼭
다물고 익어가는 석류알에도 빛나는
개구멍 금반지 같은 개구멍 오롯이
　생겨났을까 반질반질 잘
　　닦여서 언제나

소풍 가듯 내 육신을 이끌고 가고 싶은 곳
강물소리도 반들반들하고
바윗돌 이마도 반들반들하고
햇빛도 둥글어지는
마음 속의 빛나는 개구멍.

모래침대

강물이 쏘곤거리며 하던 이야기가 모래로 쌓였네
모래밭에 누워보니 호젓한 모래침대가 되네
미루나무가 받치고 있는 하늘은 천장
돈들이지 않고 빌라 한 채 가졌네

바람이 하늘창문을 닦고 가네
갈대들이 지어내는 풍금소리 가슴으로 듣다가
그 예전 편지 속에 묻어둔 한 여자가 문득 그리워지네

그 여자가 내 곁에 누우면
내부수리도 할 필요 없는 이 빌라를 선물하고 싶네
그 여자의 물기 어린 몸 살짝 비틀리면
은어처럼 은, 어, 가, 되어 산란하고 싶네.

가을이 밤나무를 고문하고

가지마다 밤송이가 고문당하듯이
입을 째지게 벌리고 있다
고문당하고 있는 성저공원의 가을 밤나무
어서 털어버리자고 불어버리자고
이젠 자백할 때가 되었다고
밤송이들은 있는 힘을 다해 소리를 지르고 있다
나도 저런 고문 당해 봤으면

지나가던 사내와 계집의 이야기가 가볍게 밤송이에 가
닿는다
지나가던 강아지의 깨-갱-깽, 하는 소리도 밤송이에 얹
힌다
초저녁 아이들 사다리도 없이 공중으로 오르다가
저녁별과 함께 토옥, 투욱, 턱 지상으로 떨어지는 소리

고문하며 오는 가을의 소리
벤치의자 뒤에 웅크리고 있던 바람도 알밤 하나 얻어
맞고 놀라서
눈을 커다랗게 뜨는 소리.

참나무숯

나의 몸은 여러 잡것을 지니고 살아서
불가마에 넣고 태워봐야 그을음
뿐일 거야 욕망의 살덩이 흔적도 없을 거야
이쁜 여자의 몸에 숨어살고 있는 호젓한 유방을
게 눈 감추듯이 눈 속으로 낚아채거나
골프장을 뜰로 지닌 저택 빌라를 가꾸고 싶어하거나
비아그라와 사권 성기를 들고 애인의 신음소리를 밤새
도록 지어내고 싶어했던
몸의 기억들

불로 태워봐야 불만 자존심이 상할 거야

참나무숯을 보면
불가마 속 불기를 먹고 다시 살아난 참나무숯을 보면
인간의 몸이 하찮다는 생각이 들 때가 있다
잎새들을 즐겁게 해주던 기억을 고스란히 버리고
불기를 즐겁게 해줄
고결한 몸으로 해탈하는 참나무
육신을 깨끗하게 비움으로써
육신의 삶을 넘어서는 참나무숯

참, 참숯아, 불쑥불쑥 고개 내미는 살덩이의 욕망
詩의 장작불로 태우면 해탈할 수 있을까.

소음의 환상

손도끼를
들고 내리칠 듯이
떼거지로 몰려오는
허공에서
수천 송이 마른
밤송이가 한꺼번에 쏟아지는
그런 환상
감옥 속의 환상.

장독대에 앉아서

사천항 바닷가를 거닐다가 외딴집을 만났습니다

나, 외로워서 외딴집의 낡은 대문을 똑똑 두들겼습니다

계세요, 계세요

문을 열자 들고양이가 장독대 뒤편으로 사라졌습니다

어딘가로 이사가 버린 텅 빈 외딴집

파도소리는 장독 없는 장독대에 앉아 담배를

피우고 있었습니다

나도, 그 파도소리의 담뱃불을 빌려 붙이며 앉아 있다가

이사갈 줄 알았으면 오징어 한 꾸러미라도 안겨줬어야 했는데

라고 울먹이는 젊은 파도소리를 우연하게 듣게 되었습
니다

젊은 파도소리가 사랑하는 여인이 있었던가 봅니다.

지금도 사천항에 가면 그 파도소리 들을 수 있습니다.

감옥의 문을 여는 저 꽃들

별이 뜨지 않으면
하늘이 외롭듯이
지상에 꽃피는 시간이 없었으면
마음의 감옥이 되리
감옥의 빗장을 여는
저 꽃들의 분주한 손길
형기를 마치고 출소하는 저
상춘 인파들의 아우성.

파도소리를 사귀는 할머니의 귀

할머니의 귀는 사람들이 건네는 말을 거의 주워담지 못합니다 할머니에게 말을 붙이기 위해서는 미리 호박돌만한 목소리 몇 개를 가지런히 준비해야 합니다 그렇게 해도 할머니가 겨우 거둬간 말조차 가끔 우리를 놀라게 할 때가 있지요 '할머니 진지 좀 드세요' 라고 하면 '뭐라꼬? 진저리 친다꼬!' 하며, 땡볕을 견디지 못해 발갛게 소리지르는 고추처럼 매운 성깔을 사방에 뿌려놓곤 하셨지요 사정이 이러해도 할머니의 얼굴에는 답답한 기색이 전혀 없습니다 세속적인 말에는 귀 어두워도 할머니의 귀가 신기하게 잘 듣는 소리 하나가 있기 때문입니다 우리의 귀로는 도저히 주워담을 수 없는 소리지요 우리는 바닷가를 등지고 조금만 벗어나도 파도소리를 잃어버리고 말지만 할머니는 바다가 영 보이지 않는 십리 밖 골목에서도 숨어드는 파도소리를 잘도 듣는답니다

파도소리가 식량인 마을에 시집 와서 어느 날 파도소리에 남편을 잃고 그 파도소리와 평생 살아온 할머니는 우리가 들을 수 없는 파도소리를 기막히게 잘 듣습니다 그럴 때면 할머니의 사설 또한 길고 길지요 길을 가며 혼자 흥얼흥얼하던 할머니의 그 가락도 파도소리에서 나

온 것이랍니다 오랫동안 파도소리와 사귄 할머니의 말
에는 무궁한 파도소리의 이야기가 묻어납니다 그때 하
시는 할머니의 말은 영험하기까지 하지요 햇빛 창창한
날인데도 '내일은 비가 올꺼구만' 하면 하루가 지난 어
스름 녘에 비가 듣기 시작하지요 그러면 마을 여인들은
황급히 마른빨래 걷고 나서는 그 빈 빨랫줄에 다시 할머
니의 말을 널어놓고 들어온답니다 아무도 모를 겁니다
귀로 듣는 파도소리가 할머니의 숨결이 되고 할머니의
숨결이 파도소리를 키우고 가꾸는 것을 파도소리가 사
는 바다가 아프면 할머니의 숨결도 끊어질듯이 아프다
는 것을 말이지요.

꽃잎을 밟고 가리라

진달래꽃잎을 흩뿌리며 마을로 오는
소녀들이 있다
지던 노을 뒤로 다시 피는 저녁놀 붉어라

산마루가 저녁놀을 거두어 가기 전에
여기 이 꽃잎을 살결처럼 밟고
시냇가를 건너 저기 저 남산으로
가야겠다

해를 이고 사는 처녀를 만날 것도 같다

돌아올 때는 나도 꽃잎을 뿌리며 올 것이다
아픈 사람들 그 꽃잎을 밟고
봄바람이 끄는 길을 따라 가리라.

오래 사귀지 않고는

평생 바다만 바라보고 사는 등대의 얼굴은 어질다
가끔 파도가 몸부림치며 왔다가 가도 그것을 안고 달
래는
마을의 낮은 지붕도 어질고 어질다
바다를 등에 얺고 방죽에 올랐다가 어린 아이 손에 잡
힌
넓적콩게의 눈알도 어지네
손가락만 살짝 대어도 부드러운 속살을 집어넣으며
욕망의 방문을 천천히 닫는 바지락의 입술도
파도소리로 실내를 장식한 횟집에서
광어의 끔벅이는 눈을 보며 회를 먹는 사람들의
즐거운 눈과 입과 이마도 어지네

어질다는 것은 오래도록 생각해 주는 것
등대와 마을이 바다를 오래도록 생각해 주고
바다는 넓적콩게와 바지락을, 광어를, 멸치를 오래도
록 생각해 주고
사람은 회를 먹으며 광어를 바다를 오래도록 생각해
줄 것이다.

생각한다는 것은 오래도록 함께 사귄다는 것
오래 사귀지 않으면 좋아할 수 없는 법
좋아한다는 것은 생명을 함께 한다는 뜻.

간판의 생애

따개비처럼 붙어사는 간판의
마을에 갔다가
간판을 위한 간판에 의한 간판의 서러운
이야기를 들었다
세상에 대하여 한 번도 윽박질러보지
못한 소리를
새로 이사온 간판과
어저께 추방된 낡은 간판에 대한
소리를 들었다
추방되지 않으려고 새벽까지
노예처럼 말 대신 조명으로
연명하는 간판들.

내가 지은 화단에는

내가 지은 화단에는 사람들이 와서 스스로 꽃이 된다
남녀노소 할 것 없이 꽃으로 활짝 피어난다 해운대 해수
욕장 꽃밭에는 꽃으로 이야기하고 꽃으로 점심을 먹고
꽃으로 사랑의 시간을 짓기도 하지 그러나 그렇게 많은
꽃들이지만 한결같이 바다색깔로 피었다가 바다색깔로
지기도 하지 지금 지는 꽃보다 피는 꽃이 더 많은 시간
꽃사태가 일어나 차도로 골목으로 밀려나며 피는 꽃들
도 있다. 그러나 얼마나 아름다운가 스스로 찾아와 바다
의 말을 듣고 바다의 빛을 담아 바다의 몸이 되려는 저
어진 몸짓의 꽃잎들 나는 구름 뒤에 숨어서 파도에 쓸려
가는 꽃잎과 자주 무너지는 화단의 울타리를 손질하곤
한다. 저들이 떠나고 난 다음에도 저들의 이야기들이 내
가 지은 화단에 오래도록 자라날 수 있도록 하기 위해.

만삭의 여인

가끔 만삭의 여인을 보면 신비한 생각이 든다
두 세계가 한 몸에서 움직이다니
두 세계가 하나의 창문이 되어
계단을 오르고
버스 승강대를 올라도
그 창문 흔들리거나 금이 가지 않다니
저렇게 한 몸으로 가파른 언덕까지 오르다니.

깊어 가는 겨울 속의 청산우체국

청산계곡의 겨울나무들의 어깨와 바위들의 얼굴이 너무 외로워 보여서, 눈이 쟁겨 있는 하늘곳간의 문을 열어 그 동안 아껴놓았던 함박눈을 퍼부어 주고 있다. 며칠 째 그렇게 하고 있다. 눈의 무게를 감당하지 못해 허리를 비트는 나무와 자기 팔목을 분지르는 나무도 더러 있고, 굶주림에 떨고 있는 연약한 짐승들도 있겠지만, 나는 상관하지 않을 것이다. 하늘곳간의 문지기에게 눈 뿌리는 것을 맡겨두고, 나는 난로 위에 앉아서 즐거웁다는 듯이 마냥 입김을 내뱉고 있는 주전자의 주둥이를 보다가, 생각의 노트를 꺼내 들고 낡은 소파에 앉아본다. 노트를 펼치기 전에 잠깐, 청산우체국 창 밖을 보니 내가 불러온 오두막집들이 눈을 머리에 이고 동면하는 오소리처럼 엎드려 있다가, 비로소 날숨을 쉬려고 하는지 연통을 세우고 연기를 공중에 흩어놓기 시작한다. 노트를 펼치자, 노트 속에도 함박눈이 내리고 있다. 그 눈을 맞으며 천천히 걸어나오는 것들이 보인다.

여름 강물이 옆구리에 모래밭을 끼고 나온다. 모래밭은 始原의 안마당, 코딱지 만한 아이들을 다시 불러다가 풀어놓아 주었더니 모래밭을 둘러싼 미루나무가 되기도 하고 강물 속의 물고기가 되기도 한다. 노트 한 장을 넘기자 이번에는 시를 한 포기 한 포기 정원에 심는 한 여인이 나오고 있다. 나, 그 여인을 사모한다. 그 여인의 몸에 나를 심고 싶어라. 불륜이면 어떤가. 또 한 장을 넘기자 동네 아지매들 누나들 삼촌들 아저씨들 모두 모여 흥겹게 모내기를 하다가 막걸리에 새참을 먹는 논배미의 아름다운 풍경이 나온다. 그 풍경 속으로 들어가 새참을 먹고 논바닥에 나를 심어 보고 싶은데, 다음 장이 넘겨져 나온다. …… 나는 노트를 한 장 한 장 넘기며 소인을 찍고 있다. 그런데 소인을 받지 않겠다고 버티는 장도 더러 있다. 나는 그들을 달래어 소인을 찍고는 서랍 속에 차곡차곡 모아둔다. 봄이 오면 부칠 것이다. 청산우체국 집배원인 문장은 빨간 자전거를 타고 그 편지들을 배달해 줄 것이다. 창문 밖에는 함박눈이 힘을 잃어가고 있네. 나는 손을 내밀어 부러진 나뭇가지와 배고픈 어린 짐승들을 데리고 와서 붕대로 감아주고 먹이를 준다. 그리고 함께 난로 주위를 빙 둘러서서 바깥을 내다본다. 데리고 온 나무의 자리에 내가 서 있다.

시인은 이슬의 문 열고 들어가

차창룡(시인 · 문학평론가)

꿈은 현실을 터무니없이 왜곡하기도 하지만, 그러기 때문에 오히려 존재의 근원에 파고들어가 원초적인 삶의 진실을 보여주기도 한다. 그래서 시인은 늘 꿈을 꾼다. 꿈이란 어쩌면 동심(童心)과 관계가 있다. 어린이의 마음은 현실 논리에 좌우되지 않기 때문에 훨씬 자유롭게 꿈꿀 수 있는 것이다. 그래서 현명한 시인들은 자연스럽게 동심으로 돌아간다.

나는 정유화의 이번 시집의 시들을 '어른을 위한(어른이 읽는) 동시' 라고 명명해본다. '동시' 란 어린이의 마음이 담긴(또는 어린이의 발상법으로 씌어진), 주로 어린이가 읽는 시라면, '어른을 위한 동시' 는 어린이의 발상법으로 씌어진, 어른들이 읽기에 적당한 시라 하겠다.

저렇게 많은 것을 소유하고 있으면서
저렇게 몸이 가벼울 수 있다니
하늘, 구름, 나무, 돌, 건물, 사람, 자전거

육교를 들여놓고도 또 기웃거리는 얼굴을 하고 있다

> 지나가던 소나기가 파놓고 간
> 공사장의 세숫대야만한 웅덩이
> 얼마나 많은 살림들이 있나 싶어
> 얼굴을 살짝 들이밀면
> 양푼만한 내 얼굴만 달랑 들여놓는 웅덩이.
> ―「세숫대야만한 웅덩이」 전문

그리스 신화에는 강의 신 케피소스와 요정 레이리오페의 아들인 미소년 나르키소스가 등장한다. 나르키소스의 어머니는 나르키소스가 스스로의 모습만 보지 않는다면 오래 살 것이라는 예언을 듣는다. 그러나 신들의 노여움을 산 나르키소스는 결국 샘물에 비친 자신의 그림자를 보고, 자신의 아름다운 모습을 사랑하게 된다. 자기 자신을 사랑한다는 것, 그것이야말로 가장 단순한 사랑이면서 이룰 수 없는 사랑이다. 나르키소스는 이룰 수 없는 사랑을 갈망하면서 죽어간다. 그가 죽은 자리에 꽃이 피었는데, 그의 이름을 따서 나르키소스(수선화)라고 불렀다고 한다.

독일의 정신과 의사 P. 내케는 1899년 나르키소스 이야기를 응용하여 나르시시즘이라는 용어를 만들어냈고, 지그문트 프로이트는 이 용어를 정신분석 개념으로 확립하여 리비도가 자기 자신에게 향해진 상태로 규정했다. 프로이트는 또 나르시시즘을 나와 남을 구별하지 못하는 유아기에 리비도가 자기 자신에게만 쏠리는 1차적 나르시시즘과, 유아기가 지나면서 리비도의 대상이 나 아닌 남에게로 향하지만 남을 사랑할 수 없게 되는 경우 에 다시 자기 자신을 사랑하는 상태로 돌아오는 2차적 나르시시즘으로 분류했다. 이처럼 나르시시즘은 대체로 유아기의 정신적 현상으로 볼 수 있다. 그렇다면 물웅덩 이를 보는 시인의 마음은 어떤가?

이 시에서 물웅덩이에 자신의 얼굴을 비춰보는 것은 일단 나르시시즘과 연결되지만, 그러나 그 결과는 오히 려 반대로 나타난다. 먼저 시인은 웅덩이를 바라보며 "저렇게 많은 것을 소유하고" 있다고 말한다. 이는 나르 시시즘과 다른 차원의 동심에 따른 발견이다. 많은 것을 소유하고 있으면서도 몸이 가볍다는 발상도 동심에 따 른 것이다. "하늘, 구름, 나무, 돌, 건물, 사람, 자전거/육 교를 들여놓고도 또 기웃거리는 얼굴을 하고 있다"는 진 술에 이르면, 시인의 순진한 마음에 미소를 띠지 않을 수 없다. 어린이의 마음이 아니라면 하찮은 웅덩이에 빠진 그림자를 이렇게 묘사할 수 있겠는가?

2연에서는 동심에 의한 행동이 더욱 극단으로 치닫는 다. 웅덩이가 얼마나 많은 살림들을 갖고 있나, 시인은 얼굴을 가까이 대고 들여다본 것이다. 그랬더니 웅덩이 는 "양푼만한 내 얼굴만 달랑" 들여놓는다. 나르키소스 라면 여기서 자신의 모습을 사랑하게 될 터인데, 시인은 아무 말도 하지 않는다. 어린이의 마음이 갑자기 어른이 되어버리는 것이다. 웅덩이가 수많은 살림을 가지고 있는 것이 아니라, 그것들은 그림자요 환(幻)에 불과하다는 것을 순식간에 깨달아버리는 것이다. 그러나 그 깨달음이 묘하게도 정유화의 시를 깊게 만들지 못한다. 아니 어쩌면 시인 스스로 깊어지는 것을 거부하고 있다. 시인은 자신의 얼굴만 들여놓는 웅덩이를 발견하고는 시적인 상상을 일찌감치 포기하고 있는 것이다. 그는 설령 자신의 상상이 터무니없는 것일지라도 그것이 자유롭게 나래를 펴는 것을 지향한다. 그러기에 현실을 발견하는 순간 시적 진술을 멈출 수밖에 없는 것이다.

이러한 모습은 「천상의 연주-귀뚜라미」나 「길을 몸 속에 지니고 다니는 나비」에서도 발견된다. 시인은 뜰을 무대로 삼고, 조명은 달빛이 맡고, "서서 듣는 단풍나무와 앉아서 감상하는 풀잎들의 객석"(「천상의 연주-귀뚜라미」)으로 이루어진 귀뚜라미의 공연이 너무 좋아서, 뜰로 향하는 문을 열었다. 그러자 아름다운 무대가 순식간에 사라져버렸다. 그 순간을 시인은 '침묵의 낭떠러지' 라고 표현하며, 그 낭떠러지 덕분에 귀뚜라미의 연주가 그토록 아름다울 수 있었음을 깨닫는다. 그리고 자신이 사라지면 귀뚜라미의 연주가 다시 시작되리라는 것을 알게 된다. 「길을 몸 속에 지니고 다니는 나비」에서도 비슷한 상황이 펼쳐진다. 나비의 몸에서 길이 태어나고 있지만, "내가 마냥 따라나서면/그 길이 금방 무너질지도" 모른다는 사실을 시인은 알고 있는 것이다. 이 시들도 이처럼 현실을 발견하는 순간 시적 진술을 포기할 수밖에 없는 시작 태도를 보여준다. 그것이 이 시들을 '어

린이가 읽는 동시'가 아니라 '어른을 위한 동시'로 만들
어놓는다.
　물론 첫 시집에도 '어른을 위한 동시' 류의 시가 없는
것은 아니지만, 그 양상이 분명하게 다르다.

　　　얼마나 그리움이 컸으면
　　　몸 속에 등불을 환하게 켜고
　　　날아다닐까
　　　얼마나 그리움이 더 크면
　　　나의 몸 속에도
　　　상처받은 마음을 싣고 날 수 있는
　　　등불 하나 달 수 있을까

　　　몸은 깜깜한 절벽이고
　　　마음은 폐차장이니
　　　떠도는 영혼의 집
　　　거처 없어라.

　　　　　　　　　　　　　　　—「개똥벌레」 전문

　이 시는 첫 시집 『떠도는 영혼의 집』(나남출판, 1999)
의 서시에 해당하는 시이다. 개똥벌레가 등불을 환하게
켜고 다닌다는 발상은 동심에 따른 것이다. 그러나 그 등
불을 그리움과 연결시키는 것은 동심과는 다소 거리가
멀다. 물론 어린이에게도 그리움이 있을 수 있지만, 상처
받은 마음과 연결되는 그리움은 어린이에게 일반적이지

는 않다. 그러나 반딧불이가 등불을 밝힌다는 발상이 발전하여 이번 시집의 시세계를 형성했다고 볼 수는 있다.

첫 시집의 시들은 부조리한 세상과 희망 없는 스스로의 영혼에 대한 절망감이 표출되어 있다. 인용한 시에서도 그러한 모습은 여실히 나타난다. 떠도는 영혼의 집이란 시적 화자, 곧 시인 자신일 터이다. 자신이 곧 집이므로 거처가 필요 없다고 할 수 있겠으나, 거처가 없기 때문에 미리 영혼의 '집'이라 규정한 듯하다.

그렇다면 이번 시집에서는 정유화의 세상에 대한 인식이 근본적으로 달라진 것일까? 그렇지는 않다. 역시 '집'에 관한 이야기가 나오는 시 한 편을 보자.

석류네 집 창문이 열리자 알알이 영글은 석류알들의 눈빛이 한꺼번에 와르르 쏟아지는 것을 보았습니다. 얼마나 윤기가 반들반들하게 빛나던지 그 눈망울 보기 위해 나뭇가지로 오르던 나의 마음도 가다 말고 미끄러지고 말았습니다. 석류네 집 창문에는 한 다발의 이야기가 동그랗게 매달려 있습니다. 석류네 집으로 이사를 한 번 가보고 싶습니다. 아무리 찾아보아도 재미나는 이야기가 없는 이 아파트 골목을 떠나 몸만 챙겨서 이사하고 싶었습니다. 발을 들여놓을 자리라도 없다면 문간방이라도 얻어 가을 한철을 월세로 살아보고 싶었습니다. 나는 석류알 가족 중에서 어느 한 놈이 철없이 집을 뛰쳐나가기를 손꼽아 기다리고 있습니다. 그것을 기다리는 것이 재미를 지어낼 줄 아는 호젓한 그리움의 시간입니다.

석류는 내부에 수많은 알맹이를 담고 있는 독특한 과일이다. 그 알맹이를 담은 껍질을 시인은 집으로 보고, 과일이 익어서 껍질이 벌어지는 모습을 석류네 집 창문이 열렸다고 표현한다. 창문이 열리자 집의 내부가 보이고, 집 안에 석류알들이 붉고도 투명하게 빛났을 것이다. 그것들이 어찌나 윤기가 나던지 시인은 마음속으로 그 눈망울을 보기 위해 나뭇가지를 오르다가 미끄러지고 만다.

그 투명하게 빛나는 석류의 눈동자들을 시인은 '한 다발의 이야기'라고 표현한다. 그 이야기를 듣고 싶어 시인은 석류네 집으로 이사를 가고 싶어한다. 그 이유는 시인이 살고 있는 아파트 골목이 "아무리 찾아보아도 재미나는 이야기가 없는" 곳이기 때문이다. 아파트 골목에는 왜 재미나는 이야기가 없을까?

삶은 원래 집이라는 공간으로부터 출발하고, 다시 집이라는 공간으로 돌아오는 과정을 되풀이한다. 집은 밖으로 나가면 개방적인 공간이고, 집으로 들어와 문을 닫으면 폐쇄적인 공간이 된다. 그러기에 집은 안온한 공간이면서 역동적인 공간이기도 하다. 더욱이 어린 시절부터 살아온 집은 추억을 간직하고 있다. 프랑시스 잠은 「식당」이라는 시에서 자신의 집에 있는 오래된 가구들에 영혼이 있음을 노래했다. 그러기에 프랑시스 잠은 혼자 살면서도 결코 혼자 살고 있지 않다고 말한다. 그는 오래

된 가구들과 영혼의 대화를 나누면서 일상을 즐긴다. 그런데도 정유화는 자신의 아파트 골목에 재미나는 일이라고는 하나도 없다고 말한다. 그것은 정유화가 '아파트'라는 이름으로 대표되는 현대 문명의 삶에 염증을 느꼈다는 말이 된다. 곧 "떠도는 영혼의 집/거처 없어라"라고 절규하던 첫 시집의 현실 인식과 그 궤를 같이하고 있는 것이다. 그러나 이번 시집에서 정유화는 중요한 것을 발견하게 된다. 이 시에서 표현했듯이, '석류'로 대표되는 자연을 발견하게 된 것이다. 그것이 첫 시집에 비해 이 시집이 훨씬 경쾌한 노래를 부를 수 있게 된 원동력이다.

문명에 대한 염증과 자연에 대한 사랑이 어찌나 절실했던지 시인은 석류네 집으로 이사를 가고 싶어하고, 방이 없다면 문간방이라도 얻어 가을 한철을 지내고 싶다고 말한다. 그리고 시인은 석류알 가족 중에서 한 놈이 집을 뛰쳐나가기를 기다린다. 석류알이 뛰쳐나간다는 것은 농익을 대로 농익은 석류알이 땅으로 떨어진다는 것인데, 그것이야말로 자연의 원리이다. 자연의 원리에 순응하면서 사는 것의 아름다움, 그것을 눈으로 확인하는 즐거움을 시인은 체험하고 싶은 것이다. 그것이 재미를 지어낼 줄 아는 호젓한 그리움의 시간이라 한 것은, 자연과 대화를 나누려면 기다릴 줄 알아야 하고, 자연 법칙이 어떤 결과를 초래하는지를 바라보기 위해 기다린다는 것은 곧 자연과 대화를 나누는 일임을 암시하는 발언이다.

　자연과 대화를 나눈다는 것, 그것이 바로 정유화의 동심이고, 이번 시집의 핵심이기도 하다. 그렇다면 정유화는 어떻게 자연과 대화를 나누고 있는 것일까? 우리는 여기서 정유화가 여러 편에 걸쳐서 쓴 '문장론'을 생각할 필요가 있다.

　　지는 꽃잎과 오래도록 눈 맞추고 있노라면
　　지는 꽃잎 속에 가려진 꽃의 문장이 보인다
　　나는 그 문장 속으로 들어가
　　문장님이 강의하는 문장작법을 듣고 있다

　　또 피는 꽃잎과 눈 맞추고 있노라면
　　피는 꽃잎이 던지는 눈짓 속에는
　　문장을 허물어버리라는 소리가 담겨져 있다
　　나는 그 눈짓 속으로 들어가
　　문장을 버리고 육신으로 살 수 있는
　　눈짓님의 강의를 듣고 있다

　　피는 꽃잎이 던지는 눈짓 속에 지는 꽃잎의 눈짓도
　　보이고 그 문장도 보이지만.
　　　　　　　　　　　　　—「숲속에서 자라는 문장 1」 전문

　지는 꽃잎과 피는 꽃잎이 있다. 시인은 먼저 지는 꽃잎과 눈을 맞춘다. 그 결과 시인은 지는 꽃잎 속에 가려진 '꽃의 문장'을 발견하고, 그 문장 속으로 들어가 '문장님' 이 강의하는 '문장작법' 을 듣게 된다. 이어서 피는 꽃잎과 눈을 맞추니, 피는 꽃잎은 문장을 허물어버리라는 '눈짓' 을 보낸다.

시인에게 문장이란 곧 시의 문장일 터, 정유화는 지는 꽃잎을 보면서 시의 문장을 생각한다는 것을 우선 알 수 있다. 지는 꽃잎은 바닥에 떨어질 것이고 마침내 흙의 세계로 돌아갈 것이다. 지는 꽃잎 속에는 그러한 꽃의 미래가 보이고, 그 꽃의 미래가 시인의 일차적인 관심거리다.

그러나 시인은 피는 꽃잎을 바라보면서, 문장을 허물어버리라는 메시지를 듣는다. 문장은 지는 꽃잎이 이미 구축해준 것인데, 왜 그 문장을 허물어버리라고 할까? 여기서 문장은 '육신' 의 상대 개념이 된다. 문장은 지는 꽃잎이 구축해준 관념의 세계였던 것, 그 관념의 세계를 버리라는 것이 피는 꽃잎이 던지는 '눈짓님' 의 메시지다.

마지막으로 정유화는 피는 꽃잎과 지는 꽃잎을 절묘하게 통합한다. 피는 꽃잎이 던지는 눈짓 속에 지는 꽃잎의 눈짓과 문장도 보인다고 했다. 피는 꽃잎은 언젠가는 질 것이므로 지는 꽃잎에 다름아니라는 말이다. 시인은 또 시를 마무리하면서 자신이 추구하는 바가 어디에 있는가를 암암리에 암시한다. "그 문장도 보이지만" 이라고 마무리한 것은, 그래도 "문장을 버리고 육신으로 살 수 있는" 길을 모색하겠다는 뜻을 내포한다. 곧 관념(문장)의 세계보다는 본질(육신)의 세계를 중시하겠다는 것이다. 실제로 이번 시집의 많은 시들은 이러한 시인의 시론을 뒷받침해준다.

　　그러나 문장이 없다면 시인의 뜻을 어떠한 그릇에 담겠는가? 시인은 필연적으로 문장을 사용하지 않을 수 없으니, 그것이 '육신의 세계'를 추구하는 정유화가 문장에 관한 여러 편의 시를 쓴 이유이다. 정유화는 다른 시에서 "섹시한 여자들을 보면/풍매화처럼 꽃씨를 뿌리고 싶어/라고 생각하는 육체의 문장"(「시퍼렇게 멍든 육체의 문장」)이라는 말을 썼다. 꽃씨를 뿌리고 싶어하는 마음은 '육체'이고 그것을 표현하는 수단은 '문장'이다. 그러나 시인이 더 강도 높게 추구하는 것은 '육체'이므로, 시인은 '육체의 문장'이라는 표현으로 자신의 마음을 표출한다. 여기서 정유화의 시론이 좀더 분명해진다. 곧 정유화의 생각은 '육체' 쪽으로 기울어져 있으나, 그것을 표현하기 위해서는 문장을 사용할 수밖에 없으니, 그 둘을 종합하여 '육체의 문장'을 자신의 지향점으로 삼은 것이다. 「숲속에서 자라는 문장 1」의 3연이 암시하는 정유화의 시론이 바로 그것이다.

　　'육체의 문장'의 세계는 곧 관념과 본질이 조화를 이루는 세계이다. 「숲속에서 자라는 문장 2」는 시내 거리에 숨아낼 것이 너무 많다고 주장한다. 간판이 너무 휘황찬란하게 많으니, 숨아내야 하고, 차량들도 너무 많아 길이 꽉꽉 막히니 숨아내야 하고, 신호등과 육교도 숨아내야 하고, 너무 많은 사람들도 숨아내야 한다. 현대 문명이 그만큼 자연과 조화를 이루고 있지 못하다는 말이다. 그러나 숲에서는 숨아낼 것이 없다. "키 큰 나무를 숨아내면 산새가 외롭고/산새를 숨아내면 작은 나무의 귀가 서러워/작은 나무를 솎아내면 벌레들이 불쌍하고/벌레들을 솎아내면 꽃잎과 열매들이 서러워/바위를 솎아내면 계곡물이 투정을 하고 투정을 해서/죄 없는 산의 가슴만 텅텅 울리고 말" 것이기 때문이다. 그래서 시인은 "어쩌지 솎아낼 것이 마뜩찮으면 나를 솎아낼 수밖에"라고 말한다. 결국 숲에서 조화를 이루지 못하는 존재는 '나'라는 인간밖에 없었던 것이다.

「숲속에서 자라는 문장 3」도 비슷한 이야기이다. 매미와 쓰르라미, 멧새와 까치가 짓는 자연의 공장 내부에 '나'는 들어가면 안 된다. 이유는 '나'는 자연과 조화를 이루지 못한 존재이기 때문이다. 다만 '나'는 이 모든 자연의 공장에서 생산되는 상품에 이름을 붙여줄 뿐이다. 그러나 모든 상품에 이름을 붙이면 '서러울 것'이라고 말한다. 내일 낮에 이름 붙여줄 상품이 없어지기 때문에, 그 이름을 다시 거둬주기도 한다는 재미있는 발상이다. 이름이란 단지 기호일 뿐, 본질이 아님에 분명하다. 그렇다면 시인이 이름을 붙이는 것은 시인의 놀이일 뿐이다. 이미 자연은 '육체' 그대로 조화를 이루고 있는 것이다. 그 육체를 어떻게 하면 손상시키지 않고 표현할 수 있는지, 시인은 이름 붙이기 놀이로 시도해보고, 그 이름을 버리기도 해본 것이다.

세상 밖의 긴 끈을 들고
길이 숲속으로 걸어오고 있다
길, 지워버리면 그리울 것 같고

품속에 거두어 넣자니 성가실 것 같아
나는 모르는 채 지난해에 모아둔
가을비를 불러서 싸리나무, 갈참나무
다람쥐 귀에도 뿌리다가
계곡의 허락을 받고 세상 밖으로
나가는 물의 노래, 물 위에 떠 있는
단풍잎의 붉은 노래를 들었다.

—「숲속에서 자라는 문장 4」 전문

정유화의 문장론은 이 시에 와서 절정을 이룬다. 1, 2행의 표현은 참으로 멋지다. 세상 밖의 긴 끈을 들고 길이 숲속으로 들어오다니, 참으로 그렇지 않은가? 동심의 상상 세계는 이토록 기막힌 직관을 낳을 수도 있는 것이다. 길은 태초에 탄생된 것이다. 사람이나 짐승이 간 흔적이 곧 길이니, 길은 원칙적으로 세상 안의 것이다. 그런데도 세상 밖의 긴 끈을 들고 길이 숲 속으로 오고 있다는 것은, 길이란 것이 인연(因緣)에 의해 탄생되는 것임을 암시한다. 사람이란 어떻게 태어난 존재인가? 조상 대대로 거스르고 거슬러올라가면 어떻게 되는가? 조상들은 신화가 되고, 마침내 세상 밖으로까지 가게 된다. 그러므로 길은 세상 밖의 긴 끈을 들고 걸어오고 있는 것이다.

길을 지워버리면 그리울 것 같단다. 길이 인연의 씨앗이니 그럴 수밖에 없지 않겠는가. 품속에 거두어 넣자니 성가실 것 같단다. 그러기에 부처님도 인연을 만들지 말

라 하지 않았는가. 이처럼 길을 지워버리지도 않고, 품속
에 거두어 넣지도 않는 것, 그것이 바로 정유화의 '육체
의 문장'이다. 궁리 끝에 시인은 조물주가 되어 "지난해
에 모아둔/가을비를 불러서 싸리나무, 갈참나무/다람쥐
귀에도 뿌리다가/계곡의 허락을 받고 세상 밖으로/나가
는 물의 노래, 물 위에 떠 있는 단풍잎의 붉은 노래를" 듣
게 된다. 자연의 조화에 따르니 아름다운 단풍잎의 노래
를 들을 수 있었던 것이다.

여기까지 이야기하고 보니 정유화의 시론은 노장(老
莊)사상과 다르지 않다고 느껴진다. 그러나 그렇지 않다.
물론 정유화의 '육체의 문장'론이 상선약수(上善若水)의
노장사상과 일치하는 면이 많기는 하다. 그러나 정유화
는 한편으로 인간의 평범한 욕망에 적극적이다. 노자나
장자가 인간의 욕망을 부정하지는 않았지만, 그들은 욕
망으로부터 자유로워지는 것을 추구했다. 그러나 정유
화는 오히려 그런 욕망의 세계를 즐기고 있다.

왕잠자리가 공터 울타리에 앉아

지구본만한 눈을 이리저리 가볍게 돌리고 있다

나는 그 눈의 의미를 번역하기 위해 손을 내밀지 못하
고

잠자리 역시 나를 번역하기 위해 요리 조리 눈을 돌리

고 있는 것이다

팽팽하게 당겨진 고무줄 같은 침묵

가슴이 설레네

처음 만난 그대를 여관으로 데리고 가기 위해

그 마음을 번역하려고 애를 썼던 것처럼.
—「번역의 즐거움」 전문

번역이란 상대방의 마음을 알아차리는 과정이다. 나도 잠자리도 서로의 마음을 알아차리기 위해 요리조리 눈을 돌린다. 여기서 시인은 처음 만난 연인을 여관으로 데리고 가려고 그 마음을 알아차리기 위해 긴장했던 순간을 떠올린다. 그 긴장된 순간이 있었기 때문에 시인의 마음은 설렌다.

"봄쑥을 뜯어왔다/부엌에서도 쑥떡쑥떡/마당가에서도 쑥떡쑥떡/감나무가 나와 함께 강변구경 가자고/쑥떡쑥덕/내 마음에 씨를 뿌린 그녀와 함께/쑥밭이 되도록 한번 뒹굴어봤으면 하는/나의 마음도 꿀떡꿀떡"(「봄쑥」)이라고 말하는 시는 또 어떤가? 봄쑥을 통해서 쑥떡을 생각하고, 마침내 쑥밭이 되어서 사랑하는 여인과 몸을 섞는 것을 갈망하는 마음이 유쾌하게 표현되어 있다. 이러한 마음은 "향수 냄새 풍기는 여자의 속살을" 기웃거리는 "로스구이처럼 부드럽게 구워먹고/싶은 질긴 욕망"
(「시퍼렇게 멍든 육체의 문장」)이다. 이러한 시세계까지
오면, 정유화의 동시는 역시 어른을 위한, 어른이 읽는
동시임을 부정할 수 없다.

그러나 정유화의 여인은 반드시 '여성'만을 의미하는
것은 아니다. 「황금빛 연못 하나 마음에 짊어지고」는 길
을 걷다가 우연히 마주친 여인에 대한 이야기이다. 눈을
마주친 후 '나'의 마음에는 잔잔하고 아름다운 황금빛
연못이 생기게 된다. 이는 영락없이 아름다운 여인에 대
한 욕망을 노래한 것이다. 그러나 시인은 시의 마지막에
"문득 마주친 눈길처럼 내 시의 눈길도 그러했으면"이라
고 말한다. 여기서 여인은 곧 시인의 시로 승화된다. 아
름다운 여인이 나의 마음에 아름다운 연못을 팠듯이 나
의 시도 나와 독자들의 마음에 잔잔한 연못을 드리울 수
있다면 좋겠다는 바람이 내포되어 있다. 시인이 그런 바
람을 안고 있기 때문에, 욕망을 자연스럽게 받아들이는
것 같으면서도 "욕정의 문을 열고 나가/물개들과 숨바꼭
질하다 눈구덩이에 쉬고 싶어라"(「푸른 자전거를 타고」)
라는 시구절을 낳기도 하고, "내가 꾸미는 문장의 내부
에는 미인이 거처할 실내공간만"(「미인」) 있고 미인이
없다는 것을 서러워하기도 하고, "불쑥불쑥 고개 내미는
살덩이의 욕망/詩의 장작불로 태우면 해탈할 수 있을까"
하고 탄식하기도 한다.

시는 어쩌면 그러한 서러움과 탄식 속에 있다. 그러나
시인의 서러움과 탄식은 그것 자체만으로 끝나지 않는

다. 시인이란 꿈꾸는 존재이기 때문이다. 정유화의 시 속에서 꿈은 두 갈래 길을 가고 있다. 한 갈래 길은 동심이자 환상의 세계요, 또 한 갈래 길은 좋은 시를 쓰고자 하는 열망의 세계이다. 동심의 세계에서 시인은 마음껏 뛰놀고, 시를 향한 열망의 길에서 시인은 고뇌한다. 그러기에 정유화의 시세계는 즐거우면서도 고달프고, 안타까우면서도 흥겹고, 해맑으면서도 음흉하다.

한 여자를 만날 때마다
꼭 하룻밤만 자고 싶고

그 황홀한 긴 밤처럼

시를 쓸 때마다

한 여자와 함께 까무러쳐졌던 그 밤처럼
시와 섹스할 수 있다면.
―「詩와의 섹스」 전문

영명한 몸으로 빛난다
풀잎에 닿으면 풀잎의 눈
풀잎이 영명하게 빛난다
이슬의 문을 열고 들어가
눈 한 번 깜박여 보고 싶어라.

―「이슬」 전문

　마지막으로, 정유화가 닦아놓은 두 갈래 길을 같이 걸
어보자. 두 갈래 길이 의외로 하나로 합쳐지고 있다는 느
낌이 든다. 그러나 시에 대한 욕망을 직접적으로 토로한
길은 어쩐지 황량해 보인다. 두 길은 하나로 합쳐지려다
다시 두 갈래로 나뉜다. 나는 여기서 로버트 프로스트의
「가지 않은 길」을 떠올려본다. 단풍 든 숲속에 두 갈래
길이 나 있다. 두 길은 모두 아름다웠지만, ‘나’는 사람
들이 가지 않은 하나의 길을 선택했고, 그것이 ‘나’의 운
명을 바꾸어놓았다. 그러나 시인으로서의 정유화는 조
물주이다. 저녁놀을 받아다가 광화문의 이순신 장군 동
상에게 선물할 수 있고(「저녁놀의 정거장」), 봄바람을 모
아두었다가 다음해에 뿌릴 수 있는(「지난해 모아두었던
봄바람」) 시인은, 그러므로 평행선을 그으며 달려가는
두 갈래 길일지라도 자연스럽게 하나로 모아들일 수 있
을 것이다. 이슬의 문을 열고 들어가, 눈 한 번 깜박이는
것으로.